강기수 시집

가슴에 심은 씨앗

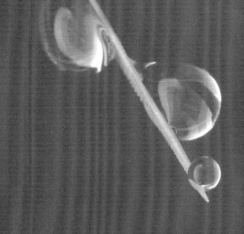

가슴에 심은 씨앗

강기수 시집

가슴에 사랑의 씨앗을 심는 정성으로

생각나눔

☀ 3번째 시집을 내면서

　세 번째 시집을 출판하면서 인간의 고귀함과 존엄성을 깊게 공감하며, 전쟁과 재난 질병과 사고 생로병사(生老病死)로 죽어가는 인간의 고통과 슬픔의 비참한 현실을 보면서 이웃의 아픔과 비극을 공감하는 요즘입니다. 겸허하게 독자들의 가슴에 사랑의 씨앗을 심는 정성으로 희망과 감동을 주는 시를 통해 인간의 최고선인 사랑의 씨앗이 독자분들의 가슴에 자라 지구촌이 사랑으로 평화 이루는 일에 동참하려 합니다. 그리고 그런 정성과 사랑으로 시집을 출판합니다.

　인간은 먹이 사슬 고리의 동물의 약육강식의 숙명이 아닌 만물의 영장으로 만물을 다스리며 고귀하고 존엄한 존재로

서 평등하게 모든 사람이 존엄한 존재로 존중받아야 하는 영적 존재입니다. 인간의 최고선인 사랑으로 평화를 이루며 인간의 존엄한 가치를 누리며 서로 합력하여 선을 이루며 사는 것이 하늘의 뜻으로 믿으며 살아가야 합니다.

전범자와 독재자의 인간 학살과 폭력은 인간의 고귀한 존엄성을 무자비하게 짓밟은 추악한 범죄로서 인류 사회에서 있어서는 안 될 만행으로, 시를 통해 그 만행을 고발하고자 합니다. 또한, 그런 범죄가 다시 일어나는 것을 예방하기 위해 저의 적은 힘이지만 생명에 대한 경외감으로, 인간의 최고선인 사랑으로 평화가 지구촌에 정착되는 일에 적은 도움이라도 될 수 있다면 그 일이 시를 쓰는 목적이 되었으면 좋겠습니다. 이러한 시의 목적이 달성되기를 소망하며, 지구촌이 인간의 존엄한 가치를 함께 누리며 살아가기 위한 일에 동참하길 소망합니다.

인간 죄악의 속된 욕망을 사랑의 마음으로 바꿀 수 있도록 마음에 감동을 주는 시를 쓰기 위해 눈물 흘리며, 씨를 뿌리는 마음으로 가슴에 희망의 씨앗을 심으며, 하늘 우러러 기도하며 시집을 출간합니다.

제1부　　　　가슴에 심은 씨앗

차례

제2부   그리운 너

차례

제3부   회개

제1부

가슴에 심은 씨앗

가슴에 심은 희망의 씨앗

쟁기가 논을 갈아엎는다
흙의 속살 허옇게 드러낸다

갈팡질팡 가다 서다 반복하는 소걸음
논둑에 소 풀어주고
바위에 누워 하늘 바라본다
뭉게구름 몇 점 떠 있고
봄 아지랑이 하늘로 피어오른다

봄 내음 나를 향해 걸어오고
시원한 바람 흐르는 땀 닦아준다

머리에 새참이고 이웃이 손짓한다
막걸리 한 잔 부침개 몇 조각
봄날의 고단함이 비틀거린다

잠자던 생명 깨우고

새로운 생명 잉태하는 따뜻한 봄날

두 눈 껌뻑이며 나를 쳐다보는 소

소 눈처럼 순한 봄날

두메산골 소년의 꿈

봄바람 타고 허공 맴돌다

희망의 씨앗 하나

소년 가슴에 심는다

가슴에 심은 사랑의 씨앗

전쟁과 재난 사고와 질병
생로병사(生老病死)의 인생의 숙명

자식 잃은 부모들의 비통한 오열
부모 잃은 자식의 애달픈 울음소리
고통 속에 죽어가는 생명들
고통의 울부짖음 하늘에 사무친다

세상 모진 풍파 쉬지 않고 불어와도
날마다 희망의 태양은 떠오른다

하늘이 허락한 존귀한 생명
가슴속 뜨겁게 불타는 생의 열정
가슴의 대지에 희망의 씨앗 심고
고통받은 생명 위로하고 치료하며
시퍼렇게 살아서 맨살 드러내고

죽어가는 생명(生命) 살리는

가슴에 심은 사랑의 씨앗

갈 대

개천가 언덕
갈대 어우러져 숲 이룬 개천가

봄과 여름 푸르른 젊음
열정으로 꿈 펼쳤다

젊은 날의 속된 욕망
가을 햇살에 말리며
매서운 찬바람 몰아치면
겸손히 몸을 낮춰 바람길 내어주며
바람이 불어올 때마다 깊게 뿌리 내린다

석양 품에 안아
은빛으로 빛나는 갈대

늙어도 허리 곧게 펴고
묵묵히 제자리 지키며 서 있는 갈대

황혼의 외로움

서로 몸 비비고 의지하며 위로한다

숭고한 모습으로

새봄 기다리는 성숙한 갈대

감 사

감사하는 삶
성숙한 사람

감사는
최고의 항암제요
해독제요 방부제

행복은 감사하는 자의 것
감사의 분량이 행복의 분량

적은 것에 감사하면
큰 선물 준다

감사하는 자는 겸손한 자
겸손한 자는 존귀한 자

존귀한 자에게 주는 선물
하늘의 영원한 복락의 생

고향 집 감나무

고향 집 앞뜰에 감나무 한 그루
주렁주렁 매달려있는 붉은 감

겨울밤
감 둥지에서 꺼낸 감
식구들 둘러앉아 정담(情談) 속에 먹었던 감
뼛속까지 파고드는 시원하고 달콤한 맛
그 맛, 지금도 잊을 수 없다

혹한의 겨울
가지에 붙어 있는 붉은 감
새들의 먹이가 되어간다

새를 배려하는 마음
새들과 이웃 되어 살았던
온정이 흐르던
어린 시절 고향의 추억

겨울의 문턱

밤사이 눈을 몰고
찾아온 매서운 한파
겨울의 문턱을 넘는다

빙판길을 조심스럽게 걷는 출근길
자동차도 거북이걸음이다

버스를 기다리는 사람들
입김으로 언 손 녹인다

길거리 노점상과 공사장의 일꾼들
얼어붙은 몸
모닥불로 추위 달랜다

생명의 일상 얼리는 한파
공간 속으로 생명을 가두는 추위

대지의 모든 것 얼리는

겨울의 문턱

겨울 준비에 바쁜 생명들의 발걸음

공장의 추억

새벽 5시
지난날의 피곤한 몸
회복되기도 전
잠을 깨운다

살아남기 위한 생존 투쟁의 나날

밥 한 공기
먹고 돌아서면
배고파오는 십대
배고픔 해결하는 것 생의 소망

밤 12시
지친 몸으로 기진맥진
잠자리 찾아가는 하루

배고프고 고달팠던 소년 시절

세월 지난 노년

내 인생의 추억으로

가슴에 새겨진다

그리운 친구

생존의 치열한 타향살이
두려움 속에 긴장의 나날들
몸은 지치고 외로움으로 멍들어갔다

절망과 외로움 속에 살아가던 내 인생길
따뜻하게 손잡아주고 위로해 준 친구
생의 용기 마음에 심어 주었다

오랜 세월이 지났지만
잊히지 않는 고마운 친구

그 친구와 함께했던 지난날들
그리운 추억으로 가슴속에 사무친다

그리운 친구
고마운 마음 바람에 실어
어느 하늘 아래 있을 친구에게 보낸다

꿈꾸는 인생(人生)

지구촌의 수많은 생명

행복한 인생 꿈꾸며

고유한 생의 향기 풍기며 살아간다

고난과 슬픔 인내하며

꿈 이루기 위해

치열하게 살아가는 세상의 무대

이 땅에서 영원할 수 없는 생명일지라도

자신의 사명 이루기 위해

치열하게 인생을 산다

한 그루 사랑의 나무

가슴의 대지에 심으며

사랑으로 평화 이루며

행복한 인생 소망하며

하늘 우러러 두 손 모으며

살아가는 인생

노인과 폐지

겨울이 찬바람을 몰고 온 새벽

폐지를 가득 실은 손수레
힘겹게 끌고 가는 노인

사납게 날리는 자동차 사이로
곡예 하듯 끌려가는 노인

하늘로 날아오른 폐지
종이 새 되어 펄펄 난다

입김으로 언 손 녹이며
땅에 떨어진 폐지를 줍는 백발

천 원짜리 지폐 몇 장의 소망
노인의 언 손 녹인다

매서운 겨울 추위

노인의 뒤만 따라 다닌다

저 추운 노인

언젠가 따뜻한 봄은 찾아올 것이다

독 서

가끔 찾아오는 도서관
호수 보이는 창가에 앉아
호수에서 불어오는
싱그러운 풀 내음
호흡하며 독서한다

심금을 울리는 글
밑줄 그어가며
머리에서 가슴으로 저장한다

평화로운 마음으로
인생의 지혜와 사랑
가슴에 새긴 독서의 시간

퇴실 알리는 잔잔한 음악 소리 울리면
가슴 벅찬 행복 안고 도서관을 나온다

떠나가는 친구

한 친구 두 친구 이 땅 떠나간다
다음은 또 어떤 친구와 이별해야 할까
이별은 아쉽고 슬프다

우리 모두 나그네 인생길
세상 속된 욕망 비우고
미련 없이 떠나가야 하는 우리

우리 이 땅 떠나가면
다시 만남의 소망 바라보며
그 믿음으로 슬픔 달래며
사랑하는 친구 떠나보내련다

또 다른 나

거울 앞에 선다
나를 바라보는
거울 속 또 다른 나

나와 또 다른 나의 싸움
너는 내가 아니야
너는 가면 쓴 거짓 나야

마음에 들지 않아 변명해도
나를 인정해야 하는 거울 속 또 다른 나
세상의 속된 욕망에 사로잡힌 추한 나의 모습

세상의 속된 허상(虛像) 벗고
진상(眞相) 찾는 또 다른 나

하늘 우러러
천지(天地)의 섭리와 순리 따라

부끄러움 없는 인생(人生) 살라

또 다른 나의 외침

맑은 영혼

한바탕 크게 울며 빈손으로 태어난 생명
치열한 생존 경쟁의 인생의 무대

고난과 슬픔
한올 한올 풀어가며 살아가는 인생(人生)

이 세상 한바탕 연극 끝나면
떠나가야 하는 우리는 나그네의 인생

빈손으로 왔으니
빈손으로 떠나가는 것 하늘의 섭리

손에 움켜쥔 탐욕은 허상
내 가진 소중한 것
땅에 씨앗으로 심어
싹 나고 꽃피워 맺은 열매
후손에게 남겨주고 떠나가는 날

육체의 무거운 짐 훨훨 벗어버리고

그윽이 피어오른 맑은 영혼

한 떨기 꽃으로 다시 피어나리라

봄은 오고 있다

전쟁과 재난 사고와 전염병
쉼 없이 몰려오는 지구촌의 공포

고통 속 외롭게 죽어가는 부모와 자식
장례도 치르지 못하고 떠나보내며
온몸으로 통곡하는 혈육

겨울이 깊을수록 봄은 가까이 오고
어둠 깊을수록 새벽의 태양은 떠오른다

겨울의 혹한
오는 봄 막을 수 없다
봄을 기다리며 눈물 흘리며
사랑의 씨앗 뿌리는 손길
기쁨으로 열매 거두리라

봄 오면

땅속에 잠자던 생명 깨어나고

새로운 생명 잉태하며

대지의 생명 아름답게 피어나고

지구촌 평화와 행복 찾아오리라

부모의 애달픈 소원

날마다 말과 몸짓으로
반복해서 가르쳐도
이해하지 못한 자녀의 지능

부모 이 세상 떠나가면
자녀의 능력으로
이 모진 세상 살아갈 수 있도록
사랑과 정성 다해 가르치는 부모
늙어갈수록 조급해진 부모의 애달픈 마음

하늘이 선물로 보내 준 자녀

하늘이시여
부모 이 땅 떠나갈 때
자녀의 힘으로 모진 세상
살아갈 수 있는 능력 주소서
잠 못 이루며

두 손 모으는

부모의 애달픈 소원의 기도

사랑의 십자가

극악무도한 죄인
달리는 참혹한 십자가

하나님의 아들이라는 죄
십자가에 달리신 예수님

죄로 얼룩져 죽어가는 생명
죄인 대신 죄인으로 죽어간 희생 재물
죄인 구원하기 위한
예수님 사랑의 십자가

예수님의 죄 없는 피의 능력
타락한 세상 속에 죽어가는 생명
살리는 구원의 십자가
하나님의 뜻 이루는 사랑의 십자가

실패와 성공

성공하고자 하면
실패에서 겸손을 배우라

실패하고자 하면
성공에서 교만을 배우라

치열한 생존 경쟁 인생의 무대

교만한 자의 패망
겸손한 자의 승리

겸손은 존귀의 앞잡이요
교만은 패망의 선봉

성공과 실패
역사는 시퍼렇게 맨살 드러내며
우리에게 보여주고 있다

생일 밥상

자손들이 차려준 생일 밥상
할아버지가 나 사랑한 것보다
내가 할아버지를 더 사랑한다는
재롱 섞인 손녀 손편지
건강하게 오래오래 살라는
자손들의 생일 축하

자손들의 재갈 되는 정담 속에
웃음꽃 피어나는 생일날

고난과 외로움 허공으로 날려 보내며
노년의 외로움 달랜다

어린 시절 어머니의 정성 어린 생일 밥상의 추억
그 시절 어머니 시퍼렇게 살아서 내 생일 축하한다

어머님과 자손들 생일 축하

가슴 벅찬 환희(歡喜)의 생일 밥상

서울의 새벽

서울의 새벽
몰려오는 수서역의 인파
여러 지역에서 갖가지 사연 안고
서울의 새벽을 깨운다

생의 희망 안고 병원으로 가는 발걸음
가쁜 숨 몰아쉬며 집으로 돌아가는 사람들

값비싼 비용 지불하며
서울에 머물러야 하는 사람들

취업과 교육
성공하기 위해 최선을 다하며
수많은 사연 안고 몰려드는 분주한 서울

아침 햇살에 서울의 휘황찬란한 아파트
희망으로 바라보며

소망 씨앗 가슴에 심는다

서울은 블랙홀

사람들 한없이 빨아들이고 있다

소중한 인연

내 의지 없이 하늘의 섭리로 태어난 생명

치열한 생존 경쟁의 세상
만나고 헤어지고 부딪치고 넘어지며
사랑하고 미워하며 기쁨과 슬픔 속
살아가는 인생의 무대

생로병사(生老病死) 인생의 숙명
우리 언젠가는 이별해야 하는 인연
세상 함께 살아갈 때
사랑하며 살아가야 하리
우리들의 만남
하늘이 맺어준 소중한 인연

학습 발표회

일 년 동안 열심히 학습한 내용
저마다 열정으로 꽃피운 발표회

피나는 노력의 결실을 거두는 시간
장애인이란 편견을 딛고
열정으로 이룩한 결실
춤과 노래 시 낭송과 태권도

몸이 좀 불편하고 지능 좀 모자라서
좀 서툴고 느리며 발음이 미숙해도
최선을 다한 열정의 결실 위대하고 아름답다

하늘은 모든 인간의 생명
공평하게 창조했으리라
장애 비장애 차별 없이 살아가는 사회
이 세상 아름다운 꽃 피우리라

손녀와 국수

오는 봄 시샘하며 눈 내리는 날
손녀와의 산책

눈 덮인 잎새 속에 피어난 꽃
생명의 향기 대지에 뿌린다

독립유공자 추모비 앞
6·25의 비극
그 참상 회상해 보며
평화 기원하며 기념사진 찍는다

따뜻한 국수 맛있게 먹는
손녀의 모습 바라보며
손녀와 주고받은 정담 속에
지난날 손녀와의 희로애락의 시간
눈에 어려온다

손녀와의 지난날의 행복했던 시간

가슴속 묻혀 있는 추억 다시 피어난다

십자매의 죽음

아침 먹이 주려고 새장 문 열렸다

십자매 바닥에 쓰러져 있다
몸에 온기는 남았는데 일어나지 못한다

새벽에 새장에서 요란한 진동
십자매의 생존을 위한 혼신의 방어
잉꼬새의 살기 위한 폭력
지난밤 먹이를 주지 못한
나의 게으름이 싸움의 원인
잉꼬새와 십자매가 먹이를 두고
치열한 생존 경쟁의 싸움

먹이가 풍부할 때 사이좋게 공생했었던 관계

나의 나태함
십자매를 죽음에 이르게 했다

잉꼬새 폭력에 고통스럽게 죽어갔을 십자매 생각하니

마음이 울컥해오는 아침

아들과 이별

하늘이 보내 준 선물
23년 동안 3살에 갇혀 살아온 자식

어둠 속에서 희망의 빛 찾아가며 살아온 세월
빛이 보이기 시작한 어두운 터널의 끝자락에서
자식과의 이별

하늘 우러러
온갖 정성으로 키워온 자식

눈 감으면 떠오르는 그리운 모습
목 놓아 통곡하는 부모

떠오르는 아침 햇살 바라보며
새벽이슬로 눈물 닦아내는 부모

양심의 형벌

힘들고 외로울 때
내 손잡아 주고 위로하며
온 정성 다 바쳐 나를 보살펴준 님

그 님 슬픔과 고통
외로움으로 쓰러져 갈 때
내 행복 찾아 떠나온 배신자

양심이 휘두르는 채찍에 맞으며
고통으로 몸부림쳤던 밤
회개하라 외치는 선한 양심

악몽에서 깨어난 배신자
하늘 우러러
배신의 비양심 회개하며
두 손 모아
그 님의 행복을 빈다

옛길의 추억

수년 동안 찾았던 그 길
오솔길은 대로로 변했고
초가집 있던 자리
높은 건물이 자리 잡고 있다

많은 것이 변했지만
님과 함께 걸었던 그 길
하늘은 옛날과 변함없고
옛 추억 바람에 실어 전해온다

세월 속에 늙어버린 추억
그 시절 그리운 님
시퍼렇게 살아서 나를 반긴다
가슴속으로 밀려오는 추억의 옛길

오늘을 보내며

동쪽 하늘에 해 뜨고
서산에 해 지고 어둠 밀려오면
하루의 무사함에 감사하고
하루의 삶 돌아본다
회한 남기며 과거의 시간 속으로 흘러가는 오늘

새로운 희망의 미래 꿈꾸며
지나간 어제의 삶
가슴에 추억으로 새기며

닿아올 미지의 미래
새로운 창조의 인생 꿈꾸며
새로운 오늘을 희망으로 기다린다

우리의 인생길

우주에 하나뿐인 고유한 생명
자신의 인생길 살아간다

세상의 칭찬과 비난에 휩쓸리지 않고
세상 풍파에 넘어지면 다시 일어난다

실패는 인생의 순간
실패를 두려워하지 말고
자신을 믿고 사랑하며

남과의 비교 인생 아닌
이웃과 더불어 평화 누리며
행복한 인생 소망하며 살아가는 우리들의 인생

고난과 실패
우리를 성장시키며
성숙하게 키워가는 창조주의 섭리

오늘보다 더 나은

미래 향해 달려가는 우리 인생길

위대한 사랑

전쟁과 재난
굶주림으로 죽어가는 생명

호수처럼 맑고 애절한 깊은 눈
죽음 앞에서도 심장 고동치며
생을 꿈꾸는 고귀한 생명들

존귀한 생명 살리기 위해
하늘 우러러 빌며
사랑 실천하는 사람
위대한 사랑

천륜의 사랑

하늘의 내려준 고귀한 선물
넉넉지 않은 살림살이 속에서도 자식들의 재롱
웃음꽃 피어났던 행복했던 가정

어느 날 갑자기 찾아온 병마
생사를 넘나드는 자식
하늘 우러러 살려달라
절규하며 빌었던 수많은 날

하늘은 자식 살려 주었고
성장해서 시집 장가간 아들과 딸

명절에 울리는 전화벨 소리
바쁘면 오지 말라 말해놓고
자식들 좋아하는 음식
냉장고 안에 보관해 두고 자식 기다리는 부모
인간의 힘으로 끊을 수 없는
천륜의 사랑

위대한 잡초

콘크리트 벽 틈
이름 모를 풀 한 포기
작은 몸 벽에 지탱하고 태양 바라보며 살아간다

빗자루에 맞고
사람 발에 밟혀 허리 구부러진 잡초
사람들은 뽑아 버리라 한다
정원수라며 뽑지 않았다
너는 나를 보면 파릇파릇 웃는다

맑은 햇살에 몸 키우고
스쳐 지나가는 비바람에 몸 말리며
유리문에 뿌리는 물
한 모금씩 구걸해 먹으며
씩씩하게 살아가는 너

어느 날

푸른 잎 사이로 꽃대궁 밀어 올리더니

이 땅에서 가장 고운 꽃 한 송이

피워내는 위대한 잡초

죽마고우

서산에 붉은 노을 밀어내며
허름한 주막집이 시끄러워진다
주고받는 술잔에 익어가는 붉은 얼굴들

정치와 경제, 사회와 문화를
자신의 구미에 맞는 독설을 씹으며
술과 안주에 취한다

지구촌에 전쟁 불러온 악마의 위정자
당장 죽여야 한다고

불법과 폭력으로 사회를 불안하게 하고
생명 해치는 자
이 땅에서 추방해야 한다고

죽마고우들
지난 추억 바닥나고

세상살이 다 들이키고

어둠 속으로

비틀비틀 우정이 흩어진다

차 한 잔의 여유

밥 먹기고 옷 입히고
씻기어 자식 외출시키고
식구들 식사 마치면
차 한 잔에 잠시 고달픈 인생의 시름 달랜다

27년을 3살에 갇혀 사는 자식
온몸으로 정성 다해 보살피지만
빛 보이지 않는 어두움의 긴 터널 속의 세월

저녁에 들어오는 자식
부모 손 뿌리치고 밤거리 배회한다
부모 사랑으로 품을 수 없어
경찰 힘 빌려 집에 데려온다

날로 더욱 희미해져 가는 자식에 대한 소망
자식 생명 하늘에 걸어놓고
하늘 우러러

하늘의 복

두 손 모으는 부모

실패는 성공의 어머니

젊은 날 고생 사서도 한다는 옛말
고진감래(苦盡甘來) 끝
행복 찾아온다는 옛 속담

실패했다고 좌절하면
행운의 여신 떠나간다

실패했다고 좌절하지 마라
실패는 인생의 한순간
실패 딛고 일어나면
행운의 여신이 손잡고
성공의 길로 인도한다

실패
인생을 성장시키고
성숙하게 연단해 가는 하늘의 섭리

실패했다고 슬퍼하거나 좌절하지 마라

실패는 성공의 어머니

추억의 등굣길

잡초가 무성했던 초등학교 등굣길
한 시간 걸어서 다녔던 오솔길

폭우 내리고 폭설 내리면
등교를 포기했던 초등학교 등굣길

그 오솔길에 아스팔트 깔리고
길 위를 자동차 달리며
가로수에 예쁜 꽃 피었다

부모님과 함께
씨 뿌리고 김매던 황금 들녘
그 시절 부모님과 내가 시퍼렇게 살아서
세월 속에 늙어버린 나를 반긴다

추억 흐르는 강변길

저녁노을 품에 안고
호수 강변길 홀로 걷는다

노랑 빨강 하얀 코스모스
꽃향기 짙게 풍기는 강변길
미래의 꿈 설계하며 걸었던 추억의 길

눈부시게 빛났던 호수의 물결
오늘도 변함없는 은빛 물결 일렁인다

행복과 아픔 공존했던 강변길
비정한 세상 풍파 가슴에 안고 떠나간 사람
행복은 생각처럼 영원하지 않았다

인생 만나면 헤어진다는 진리
아픔으로 마음에 새기며
가슴에 밀려오는 그리운 추억

해산의 꿈

출산의 행복 꿈꾸며

임신의 세월 절제하고 인내하며

새 생명 탄생의 행복 소망하는 산모

출산의 가슴 벅찬 환희(歡喜)의 시간

기쁨의 시간도 잠시

산통의 아픔 달래기도 전

비정상아 진단받은 신생아

가슴속 파고드는 절망의 고통

하늘 우러러 울부짖는 산모의 애달픈 통곡

볼 따고 한없이 흘러내리는 뜨거운 눈물

무정한 하늘

말없이 별빛만 반짝인다

잠 못 이루는 애달픈 밤

절망의 고통 속에

새벽의 빛 밝아온다

호수가 주막

태양도 하루길 힘들었을까
나뭇가지 위에 쉬고 있다

붉은 저녁노을
붉게 물들인 호수
물새 몇 마리 호수 위에 한가로이 놀고 있다
전쟁과 전염병 재난과 사고
지구촌의 생명 죽음의 공포에 쫓기며 살아간다
인간 지식의 덧없음이 민낯을 드러낸다

사랑하는 사람들의 죽음
마지막 가는 길
장례식도 치르지 못한 애달픈 유가족
애통의 눈물 볼을 타고 흐른다

호숫가 주막
생의 고단함과 덧없음

몇 잔 술에 비틀거리며

어둠 속으로 사라져 가는 사람들

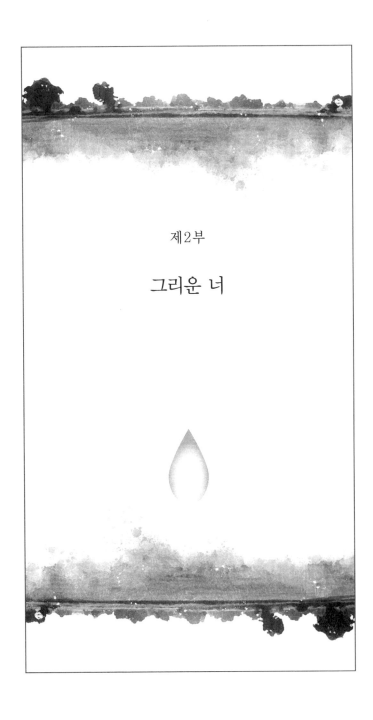

제2부

그리운 너

동행하고 싶은 사람

새들의 노래에 잠에서 깨어난 아침
떠오르는 붉은 태양 바라보며
감사함으로 하루를 시작하고
텃밭 채소와 함께 호흡하며
아침이슬에 지난밤의 목마름 함께 달랜다

햇살 퍼지는 오솔길 따라
희망을 노래하며
작은 찻집에서 따뜻한 차 한 잔 앞에 놓고
너무 친절하지도 너무 진실하지 않아도
마주 보면 마음이 편안하고 허물없이
인생의 시름 달랠 수 있는 사람

세상 유혹에 물들지 않고
하늘의 섭리에 순응하여
생명을 경외하고 사랑한 사람

겸손히 일상에 감사하며

기쁨과 슬픔도 함께 나누며

하늘 우러러 부끄럼 없는 인생 살기 위해

최선을 다하는 사람

그런 사람과 동행하고 싶다

가족 상봉

봄과 여름 태양과 비바람 끌어당겨
꽃 피고 열매 맺어
열매마다 산통을 터트리는
하늘의 축복 땅에서 이루어지는 풍요로운 추석 명절

먼 길 달려온 혈육
밥상 앞에 둘러앉아 주고받은 정담(情談)
웃음꽃 피어나는 가정

손자 재롱에 크게 웃는 할아버지와 할머니
꼭꼭 숨겨둔 비상금 주책없이 고개 내민다

그토록 가상한 용기
물보다 진한 혈육의 사랑

행복한 시간 속에
밤은 깊어가고

추석 연휴는 빨리 지나간다

떠나가는 자손들 뒷모습 바라보며
주머니에 지폐 몇 장 넣어주며
못사는 자식 안타까워하는 노부모

자손들 떠나간 빈자리
그리움과 아쉬움으로 채워져 간다

하늘 우러러
자손들의 행복 비는 노부모
눈가에 이슬 맺힌다

감사한 하루

알람 소리 곤한 새벽잠 깨운다
시원한 물로 정신 깨우고 하루를 시작한다

이른 아침 눈 내리고 안개 낀 도로
매서운 추위에 도로는 빙판길이다

교통사고로 차들이 뒤엉키어 줄지어 서 있고
도로에 진한 피 흐른다

막힌 빙판길에서 출근 시간에 쫓기는 긴장의 시간
앰뷸런스가 막힌 도로를 힘겹게 빠져나간다

우리의 부모와 자식 형제와 이웃
하루에 수백 명씩 교통사고로 죽어가고
생사를 헤매며 고통의 긴 시간 속에
장애인 되어가는 비참한 인생

모든 것이 불확실한 인생의 미래

생사의 갈림길에서

쫓기며 살아가는 우리들의 일상

무사한 오늘

하늘 우러러 감사하는 하루

구원의 빛

곤한 잠에 빠져있는 지구촌의 새벽

땅 크게 흔들리며

땅 위의 모든 것 처참하게 무너지고

수많은 생명 죽어가는 피비린내 나는 땅

부모와 자식 형제와 이웃

고통과 슬픔으로 울부짖는 아비규환의 땅

세속의 흐름에 거세게 물결치는 어두운 참혹한 땅

고통 속에 울부짖은 생명의 통곡 소리

지구촌에 애달프게 울려 퍼진다

어두움은 깊어가고

떠오르는 붉은 태양 아래

온정의 손길 펼치는 지구촌의 이웃

아픔과 슬픔 위로하는 구원의 손길

작은 빗방울에 못 씻는 풀잎처럼

실오리 같은 희망의 미풍에 슬픔 달래는 생명(生命)들

죽어가는 생명

발은 땅 딛고 살아도

하늘의 빛 바라보며

하늘 향해 그윽이 피어오른

한 떨기 맑은 영혼들

한 떨기 꽃으로 다시 피어나리라

그리운 너

보슬비 땅을 적시는 봄날

길 잃고 헤매는 너
애처로워 안아 보는 순간
너의 날카로운 부리는
내 손을 사정없이 쏘았고
내 손 등에 작은 핏줄 흘렀지
사람을 두려워하는 너와의 첫 만남
너와의 사귐을 위한 긴 시간
내 손에서 먹이를 받아먹기 시작한 너

나날이 성장하여
빨랫줄 위에 안착한 너의 늠름한 모습
창공 바라보며 꿈 펼치기 위한 도전
유리창과 수많은 충돌의 시간

어느 날 아침 쓰러져 있는 너

다시는 일어나지 못했다

보슬비 내리는 날
양지바른 곳에 너를 묻었다
돌아오는 발걸음은 한없이 무거웠다

보슬비 내리는 오늘 너와의 추억 떠올라
그리움과 미안함에 마음이 울컥해 온다

너의 이름
창공을 주름잡은 매

그리운 사람

시간이 흘러도
그리움은 가슴 깊이 사무친다

너무 멀어 그리움도 찾아갈 수 없고
그리움의 사연 실은 바람도 가다 말고 멈춘다

사랑의 무게만큼 깊어지는 그리움
아무리 시간을 지워도 그리움 남아
무성하게 피어나는 그리운 님의 모습

검은 연기 하늘을 불태워도
하늘은 눈 시리게 푸르다

밤하늘 별처럼
빛났던 님의 모습
그리움이 가슴 깊이 사무치는 밤

내가 슬플 때 나를 안고 한없이 울었던 님

온 정성 다 바쳐 나를 사랑했던 님

맑은 영혼

하늘나라 한 떨기 꽃으로 피워 올라

하늘 복락 누리길

두 손 모은다

꿈에도 그리운 땅

두메산골
30여 가구 옹기종기 모여 살던 작은 마을

푸른 하늘 아래
철 따라 개나리 복숭아꽃
웃어주고 놀아 주었던 곳

소와 닭 염소와 토끼
한 가족 되어 함께 뛰놀며 살았던 고향

마을 앞 저수지
물안개 스멀스멀 기어오르면
아침이 하얗게 피어오르던 곳

저수지는 새가 날아들고
파란 잔디밭을 키우는 저수지 둑

피라미 가재를 키우는

마을 앞 실개천엔

벌거숭이 물이 흐르던 곳

꿈에도 못 잊어

꿈속에 찾아온 그리운 고향

어머님의 새벽 기도가 숨 쉬고

조상님들 얼이 고이 간직되어 숨 쉬고 있는 땅

세월이 흐른다고

그곳을 어찌 잊을 수 있으랴

늦깎이 수학여행

학창 시절 가보지 못했던 수학여행
장애 학생들과 떠난 3박 4일의 여행

광주 5·18 민중항쟁의 장소와 망월사 묘지 참배
조국의 민주주의 수호 위해
몸 바친 열사들 앞에 마음 숙연해진다

그 당시 참상을 떠올리며
호국영령 앞에 고개 숙여 묵념 올렸다
비극의 아픈 역사 다시 없기를 하늘 우러러 빈다

장애와 비장애 차별 없이 함께한 행복한 시간

장애인 단체와 시가 베풀어준 배려
그 사랑 가슴에 사무친다

늦깎이 수학여행

아름다운 추억으로 가슴에 영원히 남으리라

돌아온 불나방

기차에 몸을 실었다
기차는 나를 끌고 한없이 달린다
차 창가에 스쳐 지나가는 산천(山川)과 황금 들녘
강물은 황금 들녘 사이로 유유히 흐른다

옹기종기 모여 앉는 지붕들
굴뚝에서 모락모락 연기 피어오른다

부모님의 손 뿌리치고
화려한 불빛을 쫓아 도시로 떠나온 불나방

소와 염소 토끼와 닭
한 식구 되어 살았던 정겨웠던 고향 집

객지로 나간 자식 무사하기만 간절히 빌었던
어머니의 새벽기도가 숨 쉬고 있고
조상님들의 얼이 고이 간직되어 숨 쉬고 있는 땅

도시의 화려한 불에 얼룩진 상처 안고

지치고 외로운 몸

고향 품으로 돌아온다

떠나가는 님

하늘이 맺어준 인연
아들딸 낳고 살아온 수십 년의 세월

희로애락(喜怒哀樂) 생 속에 동반의 세월
때론 사랑하고 미워하며 정든 님

떠나가는 님과의 추억들
그리움으로 가슴에 밀려온다

싸우고 미워했던 세월
후회로 가슴에 새겨진다

하늘 우러러
병 고쳐 달라
빌었던 수많은 날

빛 보이지 않은 어두운 긴 터널 속의 세월

희망을 잃지 않고 살아온 아픔과 고난의 세월

떠나가는 님
잘 가라 손 흔들어 보내지만
마음은 님을 보내지 못한다

잠 못 이루는 밤
밤하늘 별 바라보며
손 흔들며 돌아서는 발걸음 외롭고 무겁다

마지막 인사

이십구 년 동고동락했던 자식
한시도 떨어져서 살 수 없었던 세월

밀려오는 파도에 휩쓸러 이 땅 떠나간 자식
자식 바다에 뿌리고
손 흔들며 떠나보내는 자식과 마지막 인사
마음은 자식을 보내지 못한다

장애 자식 하늘의 선물로 받아
때로는 울고 넘어지고 일어나며
고난과 슬픔의 어두웠던 긴 터널 속의 세월

자식 병 고쳐달라
눈물로 간절히 빌었던 수많은 날

마음 비우고 욕심 내려놓으며
자식 생명 하늘에 걸어놓고

하늘의 소망 바라보며 살아온 긴 세월

자식 그리워 하늘 우러러보며
하늘에 밝게 반짝이는 별 하나
자식일 것 같아 손 흔들며
하늘나라 복락 두 손 모으는 부모

무임승차의 하루 여행

배낭 어깨에 메고
지하철에 오른 노인들

갖가지 사연 안고
한 끼니의 외식으로
하루 여행 즐기는 노인들

젊은 날의 추억 먹으며
어른으로 살아가기 위한 노력
한 걸음 한 걸음 미지의 세상 내딛는 발걸음

흐르는 세월 속에 늙어버린 젊음
하늘 우러러
어른으로 살기 위해
창조의 새로운 날 꿈꾸며
한 그루 희망의 나무
가슴의 대지에 심는 노인들

탐욕 내려놓고 마음 비우며

하늘 우러러 부끄러움 없는

성숙하고 존엄한 인생 소망하며

오늘도 시퍼렇게 살아서

꿈 나무에 거름 주는

노인들의 외로운 발걸음

사랑의 씨앗 심는 소녀

나의 존재 알았을 때
부모에게 버림받은 장애 아이

보육원에서 자라
장애인 시설에서 생활하는 나약한 장애인

처지 비슷한 오빠 만나
고난과 외로움 달래며 행복했던 시간

주위에서 들려오는 안 좋은 소문
내 가진 돈 오빠가 다 빌려 갔다

또다시 버림받고 싶지 않은
가난하고 연약한 외로운 인생

주위에서 들려오는 말에 귀 막고
누가 뭐래도 오빠 믿으리라

비천하게 태어나

상처 속에 살아가는 생명

비정한 세상 사랑으로 품어

그 누구도 미워하지 않으리라

새벽하늘 우러러 두 손 모으며

사랑의 씨앗 가슴에 심는 소녀

눈가에 맺힌 눈물

새벽 이슬로 닦아낸다

매일 쓰는 유언

날마다 유언처럼 글을 쓴다
어제도 쓰고 오늘도 쓴다
내일의 시간이 허락된다면
내일도 유언처럼 글을 쓸 것이다

내 가슴에 뜨거운 심장 뛰고 있어
침묵하지 못하고 가슴에서 샘솟는 생의 열정
유언처럼 쓰는 글
내가 살아가는 이유

내 생명 존재케 하는 하늘 우러러
피비린내 나는 지구촌 평화 갈망하며
평화 절규하는 마음 정화시켜
유언처럼 매일 쓰는 시
내 인생의 역사에 시퍼렇게 맨살 드러내며
사람들의 가슴에 사랑의 씨앗 뿌리내려
지구촌 사랑으로 평화 이루는 소망 이루어지리라

산속의 밤

모두를 잠재운 산속의 찬란한 별들의 노래

적막을 깨고 들려오는 풀벌레 소리

미세한 풀벌레 소리 새벽잠 거두어간다

하얀 수국 붉은 능소화 소나무

새벽 이슬에 젖어든다

친구의 부고 소식 날아왔다

병약했던 친구의 모습 눈앞에 어리며 눈시울 붉게 적신다

밤이슬에 적시는 희고 붉은 꽃

잎새 위에 앉은 친구의 모습

위로 찾지 못한 시간 위로

슬픈 파동 일으키는 산바람만 스쳐 지난다

이 세상에 벗어 두고 간 벗과의 지난날들

슬픈 추억 되어 온몸 슬픔으로 가득 채운다

친구의 이름을 한없이 쓰다듬는다

새벽을 깨우는 사람들

알람 소리 곤한 잠 깨운다

새벽을 깨우는 사람들의 발걸음

경운기에 몸 싣고 차가운 새벽바람 가르며

논밭으로 달려가는 농부의 새벽길

지팡이에 몸 의지하여 산책길 걷는 백발

하늘에서 내리는 새벽이슬에

지난밤의 목마름 달랜다

떠오르는 태양 바라보며

희망의 새벽길 힘차게 달리는 발걸음들

전쟁과 질병 재난과 사고

지구촌의 고통 물러가고

기쁨의 노래 천지(天地)에 울려 퍼지길

두 손 모아 비는 교회의 새벽 기도

한 떨기 꽃으로 피어오르는 새벽

하늘의 축복

땅에서 이루어지는 희망의 새벽

새 생명

어린 나이에 하늘나라로 떠나신 아버지
아버지의 약속 물거품 되어
상급학교 진학의 꿈 접고
공장에서 거리에서 일상에 매여 살던 나

희망이 보이지 않는 어둠의 긴 터널

절망은 또다시 나를 사로잡아갔다
높은 벼랑으로 나를 끌고 간 절망

높은 벼랑에서 나를 떨어뜨렸다
눈 뜨니 병원 입원실

망연자실 초라한
홀어머니와 형제들의 모습

말없이 창밖을 바라본다

새벽이슬에 목마름을 달래고 있는 풀잎들

고개 숙여 기도하고 있는 할미꽃 한 송이

하늘 우러러

두 손 모은 어머니의 간절한 기도

내 마음에 희망의 촛불 되어

어둠 몰아내고

새 생명으로 다시 태어난다

생로병사(生老病死)

요양원에 계신 장모님

찾아가는 모처럼의 외출

기차와 자동차로 수 시간 달려 목적지에 도착

처남들과 함께 장모님 만나

찬송과 기도로 장모님 위로해 드린다

점점 더 야위어가는 몸

식사량도 줄어들고 기력도 없어진다

장모님의 지난날의 모습 눈에 어려온다

가난한 자식 마음 아파

쌈짓돈 다 떨어 생활필수품 사놓고

돌아서는 쓸쓸한 발걸음

마주 보는 눈가에 이슬 맺힌다

생로병사(生老病死) 인간의 숙명

이 땅 떠나가는 날

한 떨기 꽃으로 다시 피어나시길

두 손 모은다

새해 아침

먼 길 달려온 새벽
산 정상에 오른다

바다에서 솟아오르는 붉은 태양 바라보며
새해 소망을 빈다

고귀하고 존엄한 생명 학살하는
피비린내 나는 땅
전쟁 끝나고 평화 임하길

남과 북의 부모 형제
이념의 총칼 내려놓고
진실과 사랑으로 손잡고
한민족 평화 통일 빈다

우리나라 평화와 소외된 이웃의 위로
가족의 건강과 평안을 빈다

지구촌 평화의 소망

푸른 하늘로 피어오르며

지난해 고통과 슬픔 위로하며 떠오르는 태양

하늘이시여,

새해 소원 이루어 주소서

간절히 비는 새해 아침

어른 수업

자손들 제 갈 길 떠나간 빈자리
홀로 앉아 저녁노을 바라본다

기쁨과 아픔의 회한 겹쳐 밀려온다
자식 생사 넘나들 때
하늘 우러러 자식 살려달라
간절히 빌며 신(神)에게 서원했던 젊은 날

생의 열정 불태우며 숨 가쁘게 쉼 없이 달려온 지난날
지난날의 추억 속에 울고 웃는 인생의 황혼

한 잎 두 잎 바람에 밀려 떨어지는 낙엽
새 생명의 거름 되어가는 모습
피어나는 꽃보다 더 아름답다

가슴의 대지에 한 그루에 사랑의 나무 심으며
고난과 외로움 속에서

한 걸음 한 걸음 힘 다해 내딛는
인생 황혼의 발걸음

낙엽처럼 아름다운 인생의 황혼
하늘 우러러
두 손 모은다

오 해

먹을 것도 입을 것도
모든 것이 부족했던 유년 시절
사촌 동생만 챙겨주는 할머니
그런 할머니가 미웠다

당신의 아들과 딸
저세상으로 떠나갈 때마다
나를 데려가시라며 눈물지으시던 할머니

어릴 때 부모 잃고
친척 집에서 외롭게 살아간 사촌 동생
얼마나 애처롭고 가슴 아팠을까
할머니 돌아가신 후에 그 마음 깨달았다

할머니에게 사랑 한번 주지 못한 냉정한 마음
나의 무지함과 잘못을 후회한 세월
꿈속에 찾아온 할머니

두 손으로 나를 꼭 안아주신다

할머니의 따뜻한 가슴

내 가슴 속에 사랑의 씨앗 하나 심고 떠나가신 할머니

할머니의 사랑 가슴에 사무친다

여름휴가

오랜만에 떠난 여름 휴가
들녘을 지나고 강을 건너고
수많은 터널을 지나 달리는 자동차

고속버스는 몇 시간 달려 목적지에 도착
연로하신 부모님 만났다

정성으로 차린 밥상
먹고 마시며 정담 속에 나누는 혈육의 정
웃음꽃 피어나는 밤

일상에서 해방된 여유로운 시간
고단한 생의 시름 잊고
꿈결 같은 벅찬 행복의 순간들
가슴속에 추억으로 채워진다

돌아오는 길

부모님의 야윈 모습에 발걸음 무겁다

생로병사(生老病死) 인생의 숙명(宿命)

고달프고 외롭고 슬플지라도

한 그루의 희망의 나무

가슴의 대지에 심으며

하늘 복락의 소망 바라보며 위로받는다

영원한 빛

푸른 하늘의 태양

산과 들에 쌓인 눈 녹이고

불어오는 봄바람

잠자는 생명 깨우며

새 생명 잉태하는 봄날

하늘 향해 고개 내미는 생명

신비하고 경이롭다

새 생명 탄생의 숨소리 대지를 가득 채운다

잎 피고 줄기 자라

하얀 꽃 노란 꽃 붉은 꽃

봄날의 꿈 활짝 펼치는 생명

꿈결 같았던 가슴 벅찬 행복했던 봄날의 추억

자유 갈구하는 정의로운 젊음의 외침

독재의 잔인한 총탄에 맞아 대지를 적신 붉은 피

봄날의 아름다운 추억

잔인하게 짓밟은 그 봄날

맑은 영혼

한 떨기 꽃으로 다시 피어올라 하늘의 별 되어

사랑하는 조국 땅 밝게 비춘다

꺼지지 않은 영원한 빛

조국 땅에 한 떨기 아름다운 꽃으로

봄마다 다시 피어난다

위험수위(危險水位)

인간의 양심 부제와 탐욕
불신과 혐오 미움과 분노로 가득한 지구촌

부부의 불신과 미움으로 깨어진 가정
아이들 길거리 방황한다

청년과 노인
꿈이 없어 죽어가는 세상(世上)

고난과 슬픔
거대한 세상 마취실 속에서
비몽사몽 살아가는 외로운 생명(生命)들

인간의 탐욕으로 병들어가는 지구촌
예측할 수 없는 재난과 전쟁 사고와 전염병
수천수만의 생명 죽어간다

생명들 고통으로 울부짖은 통곡 소리
애달프게 지구촌에 울려 퍼진다

지구촌의 모든 것이 위험수위
수위가 범람하고 바닥 드러낸다

존엄한 인간의 생명
사랑으로 평화 이루며 공생의 지구촌
하늘 우러러
두 손 모으는
성숙한 생명(生命)들

유년 시절의 밥상

먹을 것이 부족했던 유년 시절
빚을 얻어 살아갔던 우리 집

쌀 한 가마 빚 얻으면
다음 해, 한 가마의 원금과 이자 반 가마를 더해 빚을 갚
아야 했다
빚 갚고 나면 또다시 빚을 얻어 살아간 유년 시절

추수가 끝나면 논밭에 나가 이삭 주워와
먹고 살았던 유년 시절

정부에서 고리의 빚은 안 갚아도 된다는
소문 동네에 퍼졌지만
아버지는 남의 것 먹고 안 갚으면 죄받는다며
꼬박 이자를 쳐서 갚았다

세월이 지난 지금 먹을 것 풍족한 시대

버리는 음식 쓰레기가 2억 명분

지구 상에 굶주린 사람이 2억 명

나의 가난한 유년 시절 돌아보며

굶주림으로 고통받은 2억 명의 생명 안타깝다

하늘은 인류가 함께 나누어 먹고

공생 공존할 수 있게

풍요를 허락하지 않았을까

절 규(絶 叫)

미래 사형선고 받고

세상살이 겁먹고

크게 울며 태어난 생명(生命)

생존하는 순간마다 예고 없이 몰려오는

생사의 갈림길에서 살아가는 인생

전쟁과 재난 사고와 질병

생로병사(生老病死)의 숙명

고난과 슬픔 속에서도 행복의 소망 바라보며

가슴속에 뜨거운 심장 뛰고 있어

이 땅에서 영원할 수 없는 생명일지라도

가슴의 대지에 한 그루 사랑의 씨앗 심는다

내 몸 죽으면 내 몸 거름 되어

사랑의 나무 열매 맺어

죽어가는 생명

살리게 도우소서

하늘 우러러 두 손

모으며 절규하는 생명

추억의 닭죽

삼십여 가구가 모여 사는 고향 마을
새해 정월 한 달 동안
풍년을 기원하는 농악 놀이

아랫마을에서 시작해 윗마을까지
하룻밤 몇 집씩 찾아다니며 하는 농악 놀이

온 동네 남녀노소 모두 모여 함께 즐긴다
그날 밤 마지막 집에 이르면
닭죽 끓여 잔치 벌어진다

닭고기 한두 몇 점 들어있거나 없어도
어느 음식보다 맛있는 닭죽
한 그릇 먹고 부족하면
줄 뒤에 다시 서
두 그릇을 먹고도
더 먹고 싶은 추억의 닭죽

배고팠던 어린 시절

농악 놀이와 닭죽의 행복했던 추억 회상하며

눈 내리는 정월 어느 날

토종닭 통으로 삶아 먹어도

어린 시절 그 닭죽 맛

못 따라간다

펜팔의 추억

소년 시절 소녀와 주고받은 편지
타향살이 고달픔과 외로움 달래주었다

편지를 기다리며 설레는 마음
편지를 받는 순간
가슴속 파고드는 벅찬 환희

편지가 거듭될수록
사랑의 씨앗 하나둘 가슴의 대지에 심었다
사랑의 씨앗 세월 지나며
잎 피고 줄기 자라 꽃 피어날 무렵
소녀의 예쁜 크리스마스카드
사랑의 고백이었을까
그것이 마지막 편지가 될 줄이야

얼굴 한번 보지 못한 소녀와의 추억
가슴으로 소녀의 모습 그리며

그리움의 세월 보냈다

잊혀져 가는 소녀와의 추억

가슴에서 다시 피어올라

가슴속 대지에 심었던 사랑의 씨앗

다시 피어난다

평 화

평화롭게 사는 땅
해방과 자유라는 미명으로
지구촌 곳곳에서 벌어지는 침략
복수를 낳은 악순환의 전쟁

무죄한 생명 비참하게 죽어간다
자식의 죽음 앞 오열하는 부모
부모 잃은 고아의 애달픈 울음소리
팔다리 잘려나간 부상자들의 통곡
천지에 애달프게 울려 퍼진다

헌신의 회생으로
사람들의 가슴에 사랑의 씨앗 심으며
하늘 우러러 평화 구하는 간절한 기도

사람들의 마음에
심금(心琴)을 울리는 감동의 문학

사랑과 감동으로 사람들의 가슴에 심은 사랑의 씨앗

잎 피고 꽃 피워 열매 맺을 때

지구촌 사랑으로 평화의 소망 이루어지리라

한(限) 맺힌 38선

해방의 기쁨도 잠시
강대국의 입맛에 맞게 갈라놓은 38선

비극의 6·25 사변으로 비참하게 죽어간 수많은 생명
부모와 자식 미망인과 부상자들
고통과 슬픔 속에 원한(怨恨) 맺힌 인생
70년을 살아가고 있다

군남댐 바라보며 강변을 걷는다
강물에서 먹이를 찍어 올리는 철새들
자유로이 38선을 넘나들건만
혈육은 백발이 되어도 묶여 있다

이념이 총칼 겨누며
원수로 살아가는 대한민국의 혈육들
허린 잘린 한민족 기형아로 살아간다

남과 북의 부모 형제

손잡고 평화의 노래 부를 그 날을

임진강 너는 알고 있느냐

이산의 아픔의 한(限) 안고

오늘도 세상을 떠나는 이산가족

하늘에서 영면에 들지 못하고

평화 통일의 그날을 지켜보고 있다

한탄강

70여 년의 분단의 세월
이산의 한을 안고 흐르는 한탄강

한 맺힌 영혼 달래며
생명 잉태하고 키우며 흐른다

이념과 국가주의 갈등
한민족의 허리 철조망으로 잘라놓은 강대국의 탐욕

남과 북의 부모 형제 총칼 겨누며 살아가는 동안
이산의 한(恨)을 안고 이 땅 떠나가는 부모 형제
얼마나 더 고통과 슬픔의 세월 인내해야
평화 통일 그날은 오려나

한(恨) 맺힌 이산가족의 영혼들
영면에 들지 못하고 하늘을 떠돌며
그날 지켜보고 있다

남과 북 철조망을 가로질러 흐르며

이산의 한을 달래며

생명의 젖줄 되어 흐르는 한탄강

통일의 그날 염원하며 흐르리라

행복의 동산

행복한 인생

꿈꾸며 살아가는 우리

붉게 떠오르는 아침 햇살 바라보며

새날의 희망 꿈꾸며

풀잎 위에 맺힌 아침 이슬

지난밤의 목마름 달랜다

맑은 물 샘 솟는 호수

물고기 자유롭게 물 거슬러 헤엄치고

꽃 피어나는 동산

새들은 노래하고

나무와 풀들은 춤춘다

싱그러운 풀 내음에 호흡하며

눈 앞에 펼쳐지는 아름다운 동산

자연의 향기 동산에 뿌린다

행복의 동산 가까이 오르면

행복의 동산은 멀어져간다

세상의 속된 욕망 비우고

가진 것 땅에 씨앗으로 심어

꽃 피고 열매 맺을 때

그윽이 피어오른 한 떨기 맑은 영혼

한 떨기 꽃으로 피어올라

행복한 동산 오를 수 있다

하늘에서 들려오는 소리

황혼의 노래

서산의 붉은 저녁노을
태양도 지쳐 나무 위에 쉬고 있다

뼈를 깎고 뼈를 녹이는 치열한 인생의 경쟁 속에
빠르게 스쳐 지나가는 세월 속에 늙어버린 인생
실오리 같은 미풍에도 흔들리는 몸과 마음

생명의 소망 하늘에 걸어놓고
죽음의 서극을 노래할 여유도 없이
진혼곡 같은 차가운 바람 내 몸 스쳐 지나간다

미지의 미래
백지 위에 시 한 수로 인생(人生)을 써본다

발은 땅을 딛고 살아도
눈은 하늘의 소망 바라보며
하늘 사랑에 혼에 박고

땅에 내 넋을 박는다

그윽이 피어오른 한 떨기 맑은 영혼
육체의 무거운 짐 훨훨 벗어버리고
하늘로 그윽이 피워 올라
한 떨기 꽃으로 다시 피어나리라

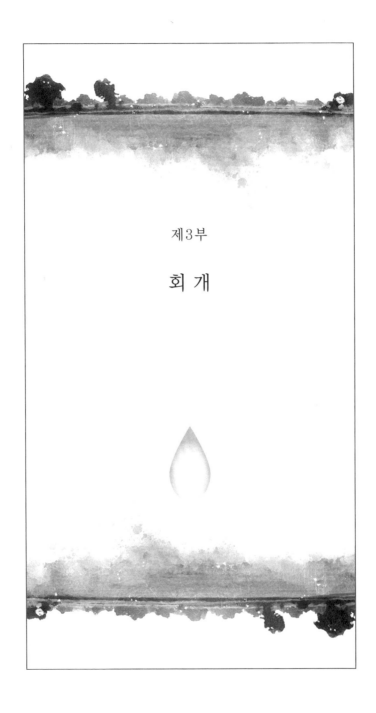

제3부

회 개

고향 장터

오랜만에 찾아온 고향 장터
닭과 오리 고등어와 콩 야채와 과일
제 몸값 내놓으며 새 주인 기다린다

모닥불에 둘러앉힌 이웃들
오가는 술잔에 익어가는 연민의 정
세상살이 고단함
몇 잔의 술에 비틀거린다

바싹 마른 골목마다
연민의 정 서려 있는 고향 장터

고무로 하반신을 묶은 몸이 이끄는 손수레
찬송가 흘러나오고
동전 몇 잎 통에 떨어진다

국수 한 그릇에 어린 동심이 자랐던 곳

막걸리 한잔이 옛날을 부른다

산들바람은 사람 냄새 온 장터에 날리고

부모님 손잡고 훨훨 날아다니던 그곳

지금도 변함없이 골목마다 연민의 정 서려 있다

고향 집

어린 시절을 보냈던
고향의 초가삼간

집터에는 무성한
잡초만 바람에 흔들리며
옛 주인 반갑다고 손 흔든다

도시 생활 욕망 내려놓고
고향으로 돌아오리라는 꿈
꿈에서도 잊지 못해
꿈속에서 찾아온 고향 집
가슴속에 그리움으로
얼룩져 가는 노년의 회한(悔恨)

가슴 속 파고드는
유년 시절의 가슴 벅찬 추억

어린 시절 초가삼간(草家三間)

우리 가족이 시퍼렇게 살아서 나를 반긴다

조상님들의 얼이 고이 간직되어

숨 쉬고 있는 땅

내 얼도 고향 땅에 묻으련다

그리운 땅

몇 시간 가쁜 숨 토해내며 달린 기차
고향 역에 나를 내려놓고
기적 소리 울리며 떠난다

모교였던 초등학교가 정겹게 닿아온다
친구들과 마음껏 뛰놀았던 운동장
어린 시절 친구들 마중 나온다

맑은 시냇물 변함없이 흐르고
어른들 한 잔의 술로
삶의 시름 달래던 허름한 시냇가 주막
주막이 나를 끌어당긴다
나도 한 잔 술로 어린 시절 추억 불러온다

한 시간을 걷고 뛰면서 다녔던 초등학교 등굣길
포장된 도로 위를 미끄러지듯 자동차가 달린다

저녁노을의 황금 들녘

한가위에 벼 이삭 바구니에 따 담았던 논

그 시절의 어머니와 어린 시절 나

시퍼렇게 살아서 나를 반긴다

조상님들의 얼이 고이 간직되어 숨 쉬고 있는 땅

자식 무사하기를 간절히 빌었던

어머니의 기도가 숨 쉬고 있는 땅

그 땅에 내 얼도 묻으리라

그리운 스승님

요즈음 뉴스를 보면서
어린 시절의 선생님 그리워진다
교실에서 떠들거나 인사 안 하면
여지없이 야단치던 선생님

학습에 열중하고 있으면
다정하게 등 다독이며 칭찬해 주시던 선생님

학급 폭력을 아시고는 등교부터 하교 시간까지
학생들 한 사람씩 매일 면담해서 학교 폭력 뿌리 뽑으셨다
잘못한 일 호되게 야단치시고 조용히 찾아오셔서
가정 사정 물어보시고 위로해 주시던 선생님

정년퇴직 후 찾아가 뵐 때면
여비까지 호주머니에 넣어주며
보이지 않을 때까지
손 흔들어 배웅하시던 스승님

교권과 인권의 마찰

선생님이 자살했다는 소식

안타까움에 마음 아프다

선생님이 학교 교육 제대로 못 하면

핵가족 시대 부모도 자녀 교육 제대로 못 하는 세상

누가 학생들 제대로 가르치랴

요즈음 청소년들의 흉악한 범죄 뉴스 보면서

옛날 스승님 가르침 그리워진다

그리운 어머니

늦둥이 막내아들
어머니 손 뿌리치고 타향으로 떠나가고
자식 생사 몰라 잠 못 이루시고
새벽마다 장독대에 정화수 떠 놓고
자식 무사하기만 간절히 빌었던 어머니

어머니의 간절한 기도
타향에서 무사히 자란 아들
넉넉지 않은 생활이었지만
어머니와 함께한 행복했던 세월

어느 날 찾아간 병원
청천벽력(靑天霹靂) 같은 사형선고

내년 봄에 다시 오마
손 흔들며 고향으로 떠나신 어머니
몸이 아프셔도 자식 걱정 끼칠세라 인내하신 어머니

고향으로 떠나가신 어머니 바라보며

가슴 메어오는 아픔으로 목 놓아 울었다

촛불처럼 당신의 몸 불태워 자식 사랑하고

자식들 가슴에 희망의 씨앗 심어놓고 떠나가신 어머니

세상 떠난 지 어언 수십 년

사진 볼 때마다 밝게 웃으시는 어머니

어머니와의 추억 그리움으로 밀려온다

하늘 우러러

슬픔과 고통 없는 나라에서

편히 쉬시길 두 손 모은다

꿈속의 아버지

유년 시절 먹고 살기 힘들었던 시대
두메산골 작은 마을 서당 훈장으로
세상 욕심 내려놓고 동네 청년들 가르치는 것과 글 쓰는
것으로
만족하며 살아가신 아버지

마을 잔치에 초대받으면
가시 발린 살코기 밥숟가락에 올려주며
부끄럽다는 나의 투정
토닥토닥 투정을 달래주던 따뜻한 아버지의 손

갑자기 찾아온 병마
수년의 병마와의 투쟁
어느 날 아침 몰아쉬는 가쁜 숨소리
반듯이 누운 아버지 애달픈 눈길도 접는다

먹구름 덮인 하늘

아침부터 비는 주룩주룩 내리고
빗소리에 섞인 가족들의 애달픈 울음소리
가족들 슬픔 뒤로하고 마지막 떠나가는 길
꽃상여 뒤를 따르는 자손들
볼을 타고 흐르는 눈물 땅에 뿌렸다

하늘 우러러 하늘의 복락 두 손 모았지만
마음은 아버지를 보내지 못했다

오랜 세월 지난 어느 날
꿈속에 찾아온 아버지 등 다독여 주며
생전에 못다 한 사랑
사랑의 씨앗 가슴에 심어놓고
떠나가는 그리운 아버지

나의 인생(人生)길

인생의 수많은 길

돌아가는 에움의 길

빠르게 질러가는 지름길

길 위를 돌고 도는 순례의 길

우리의 인생 평생 길 위에 있다

우리의 인생은 곧 길이요

우리의 발은 우리의 인생(人生)

그 길 위에 치열한 생존 경쟁의 인생

주연보다 조연으로 살아가는 많은 세월

연습 없는 치열한 인생 무대

마음에 들지 않아도 나를 인정하며

나를 위로하고 사랑하며 살아가야 하는 인생길

나의 인생길 다 달려간 후

육체의 무거운 짐 훨훨 벗어버리고

그윽이 피어오른 한 떨기 맑은 영혼

한 떨기 꽃으로 다시 피어나

하늘 복락 소망하며

살아가는 나의 인생길

뚝방촌

자동차가 동부 간선도로를 달린다
중랑교 다리 밑 지나며
문득 중랑천 뚝방촌의 추억
가슴에 그리움으로 닿아온다

뚝방 양쪽으로 빽빽이 들어선 판자촌
가난한 사람들의 삶의 보금자리였던 60~70년대

문방구 철물점 포장마차
생활필수품이 다 있었던 뚝방촌 골목 시장

이웃 간 주고받은 한 잔의 술로
고달픈 생의 시름 달랬던 포장마차

다정했던 이웃들의 모습
지금은 어디에서
어떻게 살아가고 있을까

그 시절 이웃들

그리운 추억

가슴속에서 피어오른다

노인들이 모여 사는 집

온갖 세상 풍파 속에서 지쳐서 쓰러져 노인들
온몸에 상처 안고 찾아온 노인들의 집

침대에 누운 몸이 야윈 노인
가족 바라보며 누구냐고 묻는다

남편 손 잡고
가쁜 숨 몰아쉬며
슬픈 눈으로 할아버지 바라보는 할머니
휠체어 밀고 돌아서는 눈가에 이슬 맺힌다

면회 온 가족에게
집에 데려가라며 눈물짓는 할아버지

의식 잃은 김 할머니
구급차에 실려 병원으로 이송한다

창밖을 물끄러미 바라보며

누군가를 기다리던 할머니

기다림을 포기했을까

휠체어 굴리며 안으로 돌아가는 뒷모습 애처롭다

외로움과 고통 속에 생사의 갈림길에 있는 노인들

한 부모가 열 자식은 키워도

열 자식 한 부모 못 모시는 세상

석양에 해는 기울고 어둠이 밀려온다

요양원 유리창의 커튼

노인들의 고통과 외로움을 가리며

스르르 창문을 덮는다

산 끝자락 하얀 집

황금 물결 일렁이는 들녘을 달려
산 끝자락의 하얀 집에 도착

줄지어 누워있는 백발들
병실에서 누나를 만났다

홀로 생활할 수 없어 정든 고향 떠나와
타향에서 타인 손에 당신의 몸 맡겼다
정든 고향은 그리움으로 변해간다

형제들 물끄러미 바라보는 애처로운 눈빛
눈가에 이슬 맺힌다
서로 잡은 손 약한 온기 흐른다

자녀 여덟 키워낸 그 강인함은 찾을 길 없다

기약 없이 돌아서는 발걸음

낯선 백발 하나 혼을 흔들고 있다

뜨거운 눈물 볼에 흐른다

돌아서는 발걸음 한없이 무겁다

사랑의 상처

생존 경쟁의 치열한 인생 무대
만나고 사랑하고 헤어지며
상처 주고받으며 살아가는 인생

주연보다 조연으로 더 많은 세월 살아가며
마음에 들지 않아도 최선을 다해 살아가야 하는
연습 없는 인생의 무대

때론 눈 감고 귀 막아
침묵으로 살아내는 인내의 인생

상처받은 시간
성장과 성숙의 시간
선과 악이 치열하게 싸우며
선으로 악 물리치는 시간
자신을 새롭게 창조해 가는 위대한 시간
온몸의 상처로 고통 속에 피 흘리신 예수님

세상에 사랑의 씨앗 뿌려

세상 구원하신 위대하고 거룩한 사랑의 상처

빛바랜 2층 건물

칠십 년대에서 구십 년대
국가의 주도 아래 운영된 성병 관리소
소요산 기슭 빛바랜 2층 건물
아픔의 역사 안고 철조망에 묶여 있다

동족상잔의 6·25 전쟁의 비극의 역사 속에
동두천에 자리한 미군
미군 부대와 함께 동두천에 자리 잡은 기지촌

가난하고 암울했던 시대
휘황찬란한 거리에서 몸 바쳐 외화벌이에 나선 여인들
동생의 학비와 부모님의 생활비를 책임졌던 가장
우리들의 딸과 누나와 동생들

세계 10위권의 경제 대국으로 발전한 대한민국
그 연인들의 헌신과 희생으로 벌어들인 외화
오늘의 경제 대국의 밑거름 되었으리라

누가 그 여인들에게 돌을 던질 수 있으랴

비참한 아픔의 역사 잊지 않고 기억하는 것
또다시 비극의 역사 되풀이하지 않는 길이리라

철거와 보존
서로 밀고 당기는 싸움
훗날 역사는 옳고 그름의 진실 밝히리라

사랑의 힘

어두움 몰아내고
새로운 희망의 빛

미움 사랑으로
절망 희망으로
죽음 생명으로 바꾸어가는 사랑의 힘

이 땅에서 영원할 수 없는 생명
추위 속에 봄이 오고
아픔 속에 사랑 있기에
가슴에 불타는 사랑의 열정
온몸으로 사랑 실천하며
죽어가는 생명 살리는 사랑의 힘

하늘 복락 소망 바라보며
그윽이 피어오른 한 떨기 맑은 영혼

영원한 생의 소망

한 떨기 꽃으로

다시 피어나는 사랑의 힘

새벽 시장

알람이 곤한 새벽잠 깨운다

잠 밀어내고 집 나선다

매서운 새벽이 몸속으로 파고든다

자동차는 한참을 달려 목적지에 도착

허름한 외투 입은 몇 사람

모락모락 김 피어오른 차로 추위

달래며 입찰 기다린다

나도 따뜻한 차 한 잔에 추위를 달랜다

펄펄 활개 치며 내리는 흰 눈

조심스럽게 일터로 떠나가는 청과물 실은 차들

눈 내리는 미끄러운 길

하루 생존의 전쟁 마치고

집으로 돌아가는 어두운 밤길

눈이 많이 내리면 풍년이 온다는 옛말

내 인생도 풍요로워 지리라

미래의 희망과 몇 푼의 지폐

고달픈 내 인생 위로한다

선과 악

잠이 있던 자리
미움과 사랑이 뒤엉켜 싸우며
잠을 빼앗아간 밤

술잔 위에 떠 있는 선과 악
용서하라 복수하라

하늘에서 들려오는 한마디 말
심은 대로 거두리라
눈물 흘리며 선한 씨앗 뿌리는 자
기쁨으로 선한 열매 거두리라

우리 육체 이 땅 떠나가는 날
선과 악이 합장한 무덤

무거운 육체의 짐 훨훨 벗어버리고
한 떨기 꽃으로 그윽이 피워 오른 선한 영혼

한 떨기 꽃으로 다시 피어나리라

불 속에서

울부짖는 영혼

뿌리는 대로 거두는 하늘의 섭리

선배와 만남

오랜만에 만난 선배
선하게 변한 모습

젊음의 패기와 예리한 눈빛 날카로웠던 목소리
온화하고 순전한 눈빛과 부드러운 목소리
성숙한 인격의 향기 몸에서 풍겨 나온다

직장에서의 지난날들
밀고 당기며 넘어지고 미워하며 오해했던 날들
선배의 변한 모습 바라보며
지난 날들 새로운 추억으로 닿아온다

이 땅에서의 만남
하늘이 맺어준 인연이리라

미래의 만남
새롭게 창조해 가며

우정의 동행의 길 소망하며

돌아서는 발걸음

연민의 정 남기고 헤어진다

설 연휴

설 연휴 혈육들의 만남

밥상에 둘러앉아 주고받은 정담

혈육의 정 익어가며

웃음꽃 피어나는 가정

자손들의 설날 세배

꼭꼭 숨겨둔 비상금

재롱떠는 손자 손에 쥐어 주며

활짝 웃은 노부모의 행복한 미소

빠르게 달려오는 생로병사(生老病死)

그 세월에 인생 섧다

작아져 가는 부모님의 모습

연민으로 가슴 아파온다

떠나가는 자손 물끄러미 바라보며

흔드는 손 내리지 못한 노부모

설 연휴 가족의 만남

가슴에 사랑의 씨앗 심으며

설 연휴 행복한

추억 되어간다

성숙한 모습

할아버지 손 잡고 내딛는 힘겨운 발걸음

가쁜 한숨 토해내는 할머니

건강 잃으면 모든 것 다 잃는다는 노인

구십이 년 동안의 산 인생 경험의 고백

노인 한 분 세상 떠나면

도서관 하나 문 닫는 것과 같다는 아프리카 속담

도서관 책 다 읽어도 이보다 더한 진리 없으리라

생로병사(生老病死) 인생의 숙명

인생(人生) 덧없고 측은해 보이는

석양 노을 물들인 오후

힘없고 나약한 노인 아닌

성숙한 어른으로 살아가기 위해

한 걸음 한 걸음 힘 다해 내딛는 노인의 발걸음

석양 노을에 비추는

성숙한 어른의 모습

어둠 밝히는 별

두메산골 오솔길 따라 마을로 발걸음 옮긴다

생활용품 손에 들고 집마다 대문 두드린다

후한 인심으로 받은 곡식

서산에 해 질 무렵 곡식 보따리 어깨에 메고

생활용품 손에 들고 고개 넘어 옆 마을로 발걸음 옮긴다

추위는 뼛속 깊이 파고들고

어두움은 금방 나를 집어삼킬 기세로 달려든다

산짐승 울음소리와 사나운 바람 소리

머리카락 치솟아 오르고 두려움에 발걸음 무겁다

별이 밝혀주는 길

희망의 불빛 따라 달려간다

대문 두드린다

주인과 마주친 시선 고학생입니다

하룻밤 숙식 쾌히 허락한다

두려움과 긴장에서 해방되니

허기진 배 꼬르륵 소리 내며 울어댄다

따뜻한 밥상, 밥 한 그릇 금방 먹어 치운다

학비 벌기 위한 몇 주간 아르바이트의 나그네 인생

밤하늘 별 바라보며 소원 빈다

하늘에서 내려온 희망의 줄 잡고

희망의 나라로 날아오르는 소년

크리스마스 날의 기도

하늘은 땅에 평화의 메시지를 보내왔다
아름다운 백설의 나라

탐욕의 위정자들 천인공노할 전쟁
피비린내 나는 참혹한 땅
피 흘리며 죽어가는 생명들
고통의 통곡 천지에 진동한다

하늘의 평화의 뜻을 배신한 악행의 위정자들
그들이 비참하게 죽어가는 모습
역사는 시퍼렇게 살아서
맨살 드러내며 보여주고 있다

존귀한 생명 살아가는 땅

하늘은 영광
땅에 평화 언제 오려나

하늘 우러러

하늘에는 영광 땅에는 평화

두 손 모으는 크리스마스 날의 기도

행복한 인생

새의 노래에 아침잠에서 깨어나고
떠오르는 태양 바라보며 희망을 노래하고
풀잎에 맺힌 아침 이슬
지난밤 목마름 달랜다

앞산 개나리와 진달래꽃 나를 보고 웃어주며
마을 앞 실개천 가재와 피라미 키우며 흐르고
저수지 물안개 모락모락 피어오르면 철새들 날아들고
소와 닭 염소와 토기가 한 가족 되어 살아가는 고향 집
열매마다 산통 터트리는 풍요로운 들녘

하늘의 축복
땅에서 이루어지는
풍요롭고 아름다운 땅에서 살아가는 나
밤하늘 찬란한 별의 노래에 단잠 이루며
아름다운 자연에서 꿈꾸고 사는
행복한 인생(人生)

2박 3일의 휴가

섬에서 보내는 2박 3일
숲속에서 들려오는 새들의 노래

자연이 품어내는 맑은 공기
밀물과 썰물
밤과 낮
태양과 달의 신비와 경이로움
밤하늘 빛나는 별 바라보며
자연의 위대함과 경이로움 가슴으로 느낀다

치열한 생존 경쟁에서 벗어난 여유로움
자연의 위대함과 신비 속에
나의 미약함과 교만
먹고 살기에 급급한 나의 작은
존재 돌아보며
겸손을 배운 2박 3일의 여름휴가

우리를 농락하고 착취한 위선자

선인과 악인 탐욕의 강자

악인

눈에 보여 낙인찍힌 사람

죄의 벌 받는다

선인

눈에 보이지 않는

가면 쓴 위선자

악한 마음 감추고 우아한 미소

대중의 선망과 존경 받아먹으며

대중을 농락하고 착취한

거짓 선인과 위선자

강자의 탐욕

약자는 고통 속에 죽어간다

우리가 두려워하는 것

가면 쓴 선인과 탐욕의 강자

그들의 우아한 미소

우리를 착취(搾取)하고

폭력을 휘둘리며

우리를 농락하며 우아하게 살아간다

노점상

매서운 칼바람 몰아치는 날
할머니가 길 위에서 추위를 깔고 앉아있다

과일 몇 바구니 길 위에
늘어놓고 손님을 기다린다
추위에 사람들의 종종걸음은
바구니에 관심 없다

뼛속 깊이 파고드는 겨울이 시리다

철거 명령
애처로운 호소는 꽁꽁 얼어붙는다
과태료 딱지 과일 바구니 위에 붙는다

얼어버린 시간은 흐르고
팔리지 않은 과일 바구니 앞에 앉아있는 할머니

주름진 얼굴

고드름이 열린다

회 개

석양에 지는 해 바라보며
지난 세월 되돌아보는 노년

지난날 회한으로 닿아오는 것들
그때 그 일은 하지 말았을걸
그때 그 일은 꼭 해보았을걸

한 번 잘못 선택한 일
수년의 세월
고난과 후회 속에 살아야 했던 지난날

조금 더 신중했더라면
무지하고 성급했던 지난날
후회와 아픔으로 가슴에 새겨진 상처
지난날의 잘못 회개하며
한 번의 기회를 더 꿈꾼다

하늘 우러러

부끄러움 없는 인생 소망하며

나를 용서하고 사랑하며

가슴의 대지에 희망의 나무 심으며

새로운 미래

꿈꾸는 인생의 노년

가슴에 심은 씨앗

펴 낸 날 2025년 2월 28일

지 은 이 강기수
펴 낸 이 이기성
기획편집 김정훈, 이지희, 서해주
표지디자인 김정훈
책임마케팅 강보현, 이수영
펴 낸 곳 도서출판 생각나눔
출판등록 제 2018-000288호
주 소 경기도 고양시 덕양구 청초로 66, 덕은리버워크 B동 1708, 1709호
전 화 02-325-5100
팩 스 02-325-5101
홈페이지 www.생각나눔.kr
이 메 일 bookmain@think-book.com

• 책값은 표지 뒷면에 표기되어 있습니다.
  ISBN   979-11-7048-843-9 (03810)